엄마의 남새밭

엄마의 남새밭

손연식

계간 디카詩 시인선 01

bookin

벙글어지는 꽃잎마다에는

봄, 여름, 가을, 겨울이 채색되어 있고

64편 한 컷 한 컷에는

너와 나 그리고 우리가 함께

뜨거운 만남으로 이어져 있다

겨울이 지나고 봄이 오듯

밤이 지나고 다시 아침이 오듯

그렇게 맑고 밝고 새롭게 만나기를……

2017년 6월

손연식

|**차**|**례**|

시인의 말 5

제1부

어머니·13

양떼구름·14

북새·16

맵시·18

샤워기·19

십자가·20

연잎·21

엄마의 남새밭·22

시·24

별무리·25

자귀꽃·26

쌍둥이·28

고려장·29

편지·30

애드벌룬·31

예순한 살·32

제2부

새신랑·37

초승달·38

5월·40

황금등·42

오수·44

공덕·45

정월 대보름·46

밀양 대추·47

벽송사 소나무·48

천남성天南星·50

바늘꽂이·51

맨드라미·52

음표·53

극락조·54

녹용·56

하늘타리·57

제3부

어른이 된다는 것·61

가족·62

엄마표 행복·64

동창회·66

놀이터·67

유년의 골목·68

새 신을 신고·70

까치집·71

병아리장·72

고슴도치 형제들·73

해거름 길·74

밥 한 그릇·75

화관·76

소원달·78

하루·80

제4부

낮달·83

세상 엿보기·84

봄을 부르는 소리·86

아우성·87

꽃샘추위·88

바람개비·90

상생·91

신뢰·92

징·93

셀파·94

교통체증·96

단풍·98

꽃걸이·100

치자꽃·101

물통·102

산청 남명매南冥梅·103

누구니?·104

해설 여성과 엄마 사이의 인욕/ 최광임 · 105

1부

어머니·양떼구름·북새·맵시·샤워기·십자가·연잎

엄마의 남새밭·시·별무리·자귀꽃·쌍둥이·고려장

편지·애드벌룬·예순한 살

어머니

늑골 빼주고 오장육부까지 다 내주었는데

아직도 속이

시커멓게 타들어간다

양떼구름

저 멀리 목동의 피리 소리 따라

사태 지는 꽃구름

북새*

서쪽 하늘로 북새가 난다

하루 잘 참고, 잘 견뎠다고
내일도 힘내서 잘 살아보자고
온몸으로 불타는 하루

* 날이 가물어 하늘 구름이 붉은색으로 변하는 현상.

맵시

할머니, 손끝이 맵다

샤워기

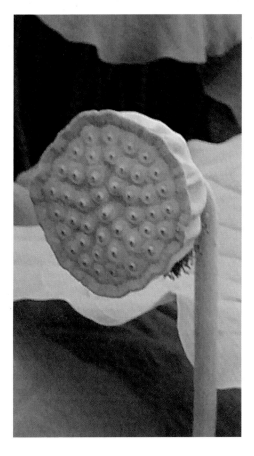

집착으로 쌓인 먼지 씻어 내립니다

마음 한 자락이 맑아졌습니다

십자가

교회 첨탑 십자가가 낮은 곳으로 내리는 것은

우리가 바로 거기에 있기 때문

연잎

탐욕의 늪에 빠져 허우적거리는 이여
뜨겁게 포옹하는 심장을 봐라

버리고 비우면 늪이 아니다
모든 중심이다

엄마의 남새밭

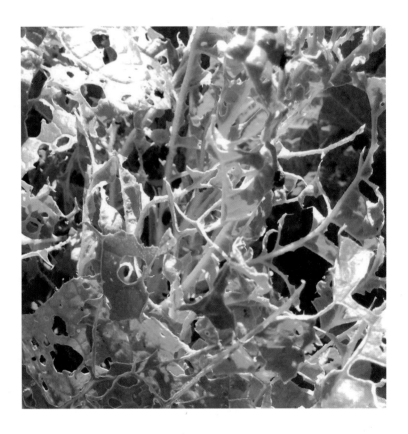

엄마 손가락 사이로 빠져나간

나비 다섯 마리

달빛, 별빛보다 예쁘다

시

한 편의 시를
말리는 중

별무리

일제히 발가락 손가락 뻗어

기지개 켜는 봄

한낮에도 세상 가득한

노란 별이 환합니다

자귀꽃

부챗살 활짝 퍼지면
하늘 문 열리는 유월

바다는 시를 쓰고
바람이 읽은 시
꽃이 된다

쌍둥이

너도 나처럼 외롭니?

고려장

친구 따라 요양원 침대 위
신발 벗고 한 번 올랐더니

자식 먹고, 날짐승 먹고 남은 나는
허공만 살피며 둘러보지만
찾고 있는 신발이 없네

편지

안부를 담은 바람이 먼저 도착했나요?

아직 부치지 못한 편지만 수북합니다

애드벌룬

칭칭 옭아맨 핏줄들 훌훌 털어버리고
저 아득한 하늘로 날아가 볼까

예순한 살

에돌아가라 한다

느리게 가라 한다

동면冬眠 길 늙어가는 뱀 한 마리

2부

새신랑 · 초승달 · 5월 · 황금등 · 오수 · 공덕 · 정월 대보름
밀양 대추 · 벽송사 소나무 · 천남성天南星
바늘꽂이 · 맨드라미 · 음표 · 극락조 · 녹용 · 하늘타리

새신랑

가을볕에는 딸을 내보내고
봄볕에는 며느리 내보낸다는
시어머니 심술에
연둣빛 고운 색시 그을릴까 봐
얼른 그늘 드리워주는 새신랑

초승달

앉아서 초승달 보면

그 달에는 세상살이가 편하다고

종종거리지 않아도 된다고

당신 곁에 나를 앉혀 달을 보게 하신 어머니

오늘은 저 달을 홀로 보고 계신가요

5월

보릿고개 알 리 없는 사람들은
먹어서 죽는다
헬스장으로 몰려가고

보리누름에 굶어죽는다는 독거노인은
홀로 깊은 시름만 익어가고

황금등

앵지밭골 대성사 가는 길

한 그루 일주문에

황금등이 켜졌네

올해도 대풍 기원하는 자식농사

온 힘으로 발원하는 마음

오수

땅이 몸을 잡아 끈다

만사 귀찮다, 부르지 좀 마

공덕

절집 기와불사에 가족 이름

하나도 빼지 않고 빼곡히 적어 넣었는데

공덕은 쌓는 게 아니고 베푸는 거라고

마음의 절집 한 채 지어놓고 돌아오는 길

가파른 산길에 무지갯빛 섬광이 환하게 들어찼네

정월 대보름

소지燒紙 올린다

액운 타는 소리

밀양 대추

까치발로 가을 햇살 나눠 가진 알알마다
밀양댐 이슬 먹고 재약산 바람으로
하나, 둘,
불 밝힌 등

벽송사 소나무

빨치산 토벌작전에 날아온 포탄들

사정없이 터졌다

벽송사 소나무가 증언하는 그날

천남성天南星

별처럼 아름다운 이름으로
사약이라니!

지독한 한의 뿌리는 어디에서 오는가

오! 장희빈

바늘꽂이

97세 둘이 할매 고성요양원에 산다

정신줄 놓아버릴까 바늘꽂이 만든다

소캐* 대신 먼저 간 할배 머리카락 넣어놓고

정신줄 꽉 붙들어달라고 청실홍실로 단디 묶는다

* 소캐 : '솜'의 방언.

맨드라미

추석 단 대목에

꼽슬꼽슬 머리 볶고

빨간색으로 염색한 며느리

대문 들어서자마자 물바가지

뒤집어쓰네

음표

처마 밑 복조리에 음표 다섯

풍년가 부르며 4분 음표
아리랑고개 넘으며 8분 음표

까만 눈망울 투닥거리며 크는 아이들

극락조

백중기도 중

포로롱 날아오르는

한 마리 새

녹용

한때 고결한 상징이었으나
싹둑, 잘라버린 나의 왕관

한낱 몸보신을 위한 한 조각
녹각이라니

하늘타리

천의무봉, 하늘 옷에는 바느질이 없다는데
저 헝클어진 하늘타리 언제 풀어
둥근 토과실 열리나

* 하늘수박을 하늘타리라고도 하고 열매를 토과실이라 한다

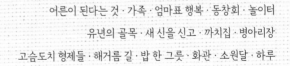

3부

어른이 된다는 것 · 가족 · 엄마표 행복 · 동창회 · 놀이터
유년의 골목 · 새 신을 신고 · 까치집 · 병아리장
고슴도치 형제들 · 해거름 길 · 밥 한 그릇 · 화관 · 소원달 · 하루

어른이 된다는 것

아버지의 손을 놓는 순간
현실의 손을 잡아야 한다

가족

조카가 가져온 동해바다 대하

바다의 잔물결, 세월의 은물결
둘러앉은 가족들 웃음소리마다
엄마의 주름살 활짝 펴지네

엄마표 행복

아직 끊어지지 않은 탯줄처럼

엄마 지줏대에 대롱거리며 매달린 자식들

— 잘, 살고 있습니다

동창회

오늘은 밀성고등학교 22회 동창회 날

볼 붉은 가시나들 한자리에 다 모였네

놀이터

완월동 17길 동네 어린 참새 떼들

담장 밑 아지트로 날아와 앉아

종일 재잘거리네

유년의 골목

우리들의 어린 기억이

땟국물에 찐 그림자의 손을 잡고

잠들어 있다

가끔 달빛이 그 기억을 깨운다

새 신을 신고

새 학년,
낯익은 친구가 없다

돌부리 걸리지 말고
친구들과 잘 뛰어놀 수 있겠지?

까치집

단층 단독에서는 홍수 들고
우듬지마다 가뭄 들다

3층 빌라 완공했으니
올해 자식농사는 대풍이겠네

병아리장

병아리장에 갇혀

엄마 품만 찾던

코찔찔이였는데……

고슴도치 형제들

세상 구경 처음 나온 동생

형아가 가시 잔뜩 세우고 보호하는 중

해거름 길

그늘이 반쯤 깔리기 시작할 때는
두런두런 일상을 내려놓기 좋은 시간

밥 한 그릇

누구나 할 수 있지만,

아무나 할 수 없는

화관

학산 경로당 앞

서걱대는 관절마다 새살처럼 환한

저, 응원가

소원달

하늘의 달 부처님 따라서

땅으로 내려왔네

달이 접수한 축원문

밝히고 또 밝히려고

하루

주남저수지에 발사대가 설치되었다

저 먼 우주로 날아가 다시는 만날 수 없는 하루,
눈부신 나홀로호

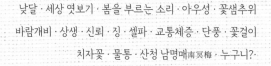

4부

낮달 · 세상 엿보기 · 봄을 부르는 소리 · 아우성 · 꽃샘추위
바람개비 · 상생 · 신뢰 · 징 · 셀파 · 교통체증 · 단풍 · 꽃걸이
치자꽃 · 물통 · 산청 남명매南冥梅 · 누구니?

낮달

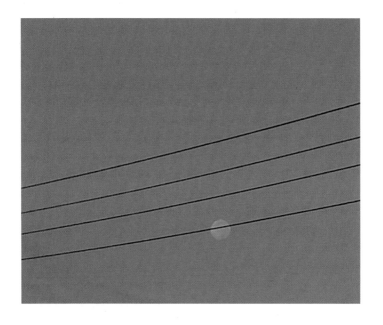

밝은 대낮에 놀러 나왔다가
이승줄도 저승줄도 아닌 목숨줄에
딱! 걸려버렸구나, 너도 나처럼

세상 엿보기

시멘트 벽에 난 작은 창이라도

얽히고설킨 핏줄들 모여

한가득 꽃 피우는 일은

자연스럽다

봄을 부르는 소리

버들강아지 짖어대는 소리에

살려 달라!

내빼는 겨울

아우성

죽어가는 나무가 혼신을 다해 외친다

잔가지들이 일제히 몸을 떤다

꽃샘추위

시린 발 오므리는지

눈뭉치 툭,

바람개비

제 가슴에 바람 좀 일으켜주세요

미친 듯이 돌고 싶어요

상생

무너져 내리는 내 영혼을 붙들고

너는 부활하고 있구나

신뢰

한 단 한 단 쌓아올린 믿음으로
활짝 피운 꽃

한순간, 무너지면
후두둑 흩날리는 꽃잎

징

중심을 향해 몰려든 소리가

몸통을 울리자

진양조를 뽑는다

파문처럼 번져가다

삼켜버린 그 말, 보고 싶다

셀파

온몸으로 숨 가쁜 안나푸르나

천만 근 내리눌러도 한 걸음 한 발짝이다

교통체증

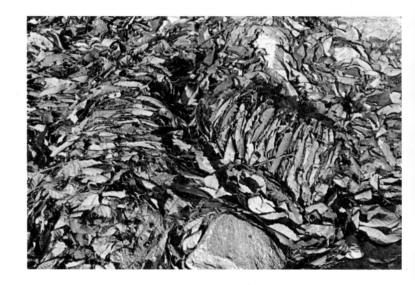

가을이,

급류에 휩쓸려가다 교통체증에 걸렸다

단풍

바다의 무법자 불가사리 떼 천대받다

그물에 딸려와 허공에 걸렸다

등산객들 환호성에

감격의 눈물이 뚝, 뚝, 뚝,

꽃걸이

벌을 잡으려던 꽃들이
촉수를 뻗어 햇볕을 빨아먹고 있네

절정의 순간, 미련 없다

치자꽃

꽃잎 한 장마다 탯줄을 감고 있는 저 모태

향기 흩어지고 나면
눈부신 꽃 이파리
노오란 능각의 열매로, 꼿꼿하고 당당하게

물통

꽃그늘 짙어가는 어느 봄날

어떤 따뜻한 손길 하나가 걸어두었나

목마른 박새 한 쌍 종일 지저거리다 가네

산청 남명매南冥梅

산청에 유명한 450살 남명매

땜빵 인생 살고 있다

누구니?

넌, 누구니?
나, 하늘

너, 누구니?
응, 난 바다

여성과 엄마 사이의 인욕
— 손연식 디카시집 『엄마의 남새밭』

최광임/ 시인, 두원공대 겸임교수

1.

　시를 쓰는 행위가 의미하는 것은 무엇이며 시인은 왜 시를 쓰는가. 더욱이 이 시대 시인의 존재 가치는 얼마큼 인가. 어떻게 써야 하며 누가 시를 읽는가. 그럼에도 왜 시를 쓰는가. 시를 읽는 혹은 쓰는 당신이라면 이 물음들 에 어떻게 답하겠는가.

　그렇다. 물음만 있고 답은 궁색한 시대에 우리는 살며 시를 쓰고 있다. 이 물질주의 사회에서 시라니, 즉물적이 고 시각적인 시대에 시라니, 그간의 시는 물질을 재생산 해내지도 못하고 즉물적이지도 못하며 더더욱 시각적이 지도 못했다. 그럼에도 우리는 시를 써왔다. 지금까지 써 왔고 앞으로도 쓸 것이며 여기 시를 쓰는 사람들이 있다.

다만, 시대가 예술의 어떤 유형을 소환한다 할지라도 '시를 쓴다는 그 자체'는 변하지 않는다. 시를 쓴다는 것은 인간 정서의 산물이다. 인류가 멸종에 이르지 않는 이상 인간의 정서 변화는 그 자체로 중요한 인간 활동의 유형이 되기 때문이다.

지금의 시대를 정보문화의 시대, 디지털 시대라 하며, AI(인공지능)로 규정하는 4차 산업혁명시대로 진입했다고들 한다. 이로써 '예술가의 죽음이 도래한 시대'라고 하는 이도 있다. 그럼에도 우리는 오늘의 사과나무 한 그루를 심는 자세로 변해가는 것들에 적응할 수 있어야 한다. 시도 변하기 시작했다. 물질의 재생산은 차치하더라도 시가 즉물적이게 되었으며 시각적일 수 있게 되었다. 바로 '디카시'이다.

디카시란 이미지(사진)와 5행 이내의 문자가 만나서 명징하고 강렬한 울림을 만들어내는 디지털 시대 새로운 시놀이 방식을 말한다. 시적 감흥을 품고 있는 이미지를 만나는 순간 디지털 카메라나 휴대폰에 내장된 카메라로 피사체를 찍고 즉시 그 감흥을 5행 이내의 문자로 재현하는 것이다.

손연식 시인이 이러한 새로운 형식의 디카시집 『엄마의 남새밭』을 낸다. 이순耳順이 넘은 나이도 아랑곳없이 새로운 시창작 방식을 적극적으로 수용하고 활용하였다. 정서의 명징함이 돋보이는 디카시들이다. 이미지에서 얻은

메타포가 한두 행의 문장으로 재현되면서 의미가 명료해지고 울림이 커진다. 디카시만의 매력을 그대로 내포하고 있는 셈이다.

맹자의 「위정편爲政篇」에 나오는 글처럼 예순 살이 넘으면 생각이 원만하고 어떤 일이든 곧 이해를 하게 된다는 나이답게 손연식은 자연을 바라보는 관점이 넉넉하고 막히지 않았으며 옛것의 재현에도 걸림이 없다. 나아가 이미지와 문장의 조합을 통한 시의식의 아우라는 어머니에 대한 향수로 귀결된다. 엄마의 어머니 그 할머니에 대한 그리움과 사랑의 맥을 전통적 서정 방식 그대로 극대화시키고 있다. 여성의 삶이 그대로 녹아 있다.

2.

어머니

늠골 빼주고 오장육부까지 다 내주었는데

아직도 속이
시커멓게 타들어간다

디카시의 최강점이라면 바로 이런 점이다. 의미의 울림이 이보다 더 명징할 수는 없다. 3행의 짧은 문장이 미처 갖추지 못한 시의 메시지를 속이 텅 비어버린 고목 이미지 한 컷과 조우시킴으로써 메시지가 강렬해질 뿐 아니라 명징해진다.

모성이 본능이라는 인식은 동서양을 막론하여 일반적이다. 지상의 모든 어미는 자식을 위해서라면 희생할 수 있어야 하며 실지 필생의 삶의 의미 또한 자식을 위하는 것에서 찾게 된다는 인식이 일반적이라는 것이다. 손연식 또한 지극히 일반적 인식을 필생의 의미로 알고 살아온 모범적 어머니상을 지니고 있다. 다 내어주고 빈 몸으로 남아서도 자식 걱정이 끊이지 않는다는 의미를 "아직도 속이/ 시커멓게 타들어간다"고 표현한다. 일상적으로 과하게 하는 걱정을 두고 어머니들이 즐겨 썼던 "시커멓게 타들어간다"가 손연식의 시에서 의미의 확장은 물론 큰 울림으로 재생된다.

엄마의 남새밭

엄마 손가락 사이로 빠져 나간
나비 다섯 마리

달빛, 별빛보다 예쁘다

남새밭은 일종의 텃밭 개념이다. 마당한쪽이나 집 근처에 채소 등을 심어 가꾸는 밭을 일컫는 말이다. 이 '남새밭'이 '텃밭'으로 일반화된 것은 6,70년대를 지나면서 급속히 이루어진 도시화와 함께라고 할 수 있는데 언어가 당대를 반영하는 바로미터라는 점을 상기하게 만드는 대목이기도 하다. 시골 출신이나 나이 먹은 어른들에게서나 들을 수 있게 된 '남새밭'이 손연식에 의해 되살아났다는 점도 함께 한다. 정겹고 의미 있는 일이 아닐 수 없다. 농업사회에서는 일의 방식이 분담되었다. 논일 산일 등 주로 험한 일들은 아버지의 몫이었는가 하면 어머니는 살림을 전담하며 밭일을 주로 해왔다. 손연식 또한 옛 농촌 사회의 풍습을 그대로 인식하고 있는 것으로 보인다. 시인의 언어들이 지닌 특성이기도 하다.

　이러한 전통적 서정을 함양하고 있는 손연식에게 모성은 본능이라는 인식이 체화되어 있을 뿐 아니라 여러 편의 시에서도 나타난다. 시인은 벌레들에게 뜯어 먹히고 얼기설기 줄기만 남은 채소 잎을 엄마 손으로 치환시킨다. 마치 주글주글 힘줄만 무성한 늙은 엄마의 손등을 보는 듯 의미가 확장된다. 어미는 필생에 걸쳐 자식 다섯을 키웠다. 그 자식들은 여전히 달빛이나 별빛보다 빛나며 귀하디귀한 내 새끼이다. 변화불변의 모성을 드러내고 있다 하겠다.

맵시

할머니, 손끝이 맵다

    그렇다면 모성은 진실로 본능인가 학습된 본성화인가. 좀 낯선 말일 수는 있겠으나 학습된 본성화라는 것이 맞다. 모성은 생물학적 여성이 지닌 본성이 아니라 옥시토신oxytocin이란 호르몬의 분비 여부에 달려있는 후천적 사회적 산물이다. 그럼에도 우리는 왜 모성을 본성이라 인식하고 있으며 우리의 어머니들은 모성으로만 살아왔는가. 바로 어머니의 어머니, 어머니의 할머니, 그녀의 할머니로부터 전수된 학습이며, 사회적 관습 때문이다. 이는 대대손손 이어진 남성중심의 사회적 고집이, 할머니들의 내리 고집이 만든 숭고함이다. 한 시대의, 한 사회의 문화나 관습은 '맵시' 같은 고집들이 전수되어 문화를 형성하고 역사를 이루는 것이다.

    어떤 일에 고집이 있다는 것은 그만큼 그 분야에 능통하다는 것이겠으며 그만큼 애정을 가지고 있다는 뜻이다. 고집은 그 어떤 것이 존재하기까지 또는 융성하기까지 꼭 필요한 무한의 의지이다. 즉, 그 어떤 것이

꼭 쓰여야 할 곳에 쓰이게 만드는 힘과 같은 말이다. 존재의 정체성에 입히는 옷이 된다. 저 맵시는 할머니의 고집이 엮인 것이다. 새해 농사에 차질이 생기지 않도록, 씨앗이 곯지 않도록 꼼꼼하고도 촘촘하게 엮어 걸어둔 생성의 매운 솜씨를 말함이다. 지금까지 여성의 모성 또한 이렇게 전수되어 왔다는 뜻으로 해석해도 무방하다.

이로부터 존재하는 손연식 또한 모성본능의 내재화는 "앉아서 초승달 보면/ 그 달에는 세상살이가 편하다고/ 종종거리지 않아도 된다고/ 당신 곁에 나를 앉혀 달을 보게 하신 어머니"(「초승달」부분)에서도 알 수 있듯 할머니의 내림이며, 그 어머니의 내림이 학습된 것이다. 맵시의 전수라 할 수 있다.

3.

어느 개인도 시대의 문화와 사회 윤리를 벗어나 생존할 수는 없다. 하물며 끊임없이 시대 윤리와 불화해야만 하는 예술가조차도 당대로부터 자유롭지 못하다는 것은 누구나 아는 일이다. 물론 손연식의 시가 시대와 불화한다는 것은 아니다. 다만 어떠한 형태로든 시대의 영향을 받을 수밖에 없다는 말로 해석하는 것이다. 시인의 의식은 모성 지극한 어머니의 삶을 내재화한 일반적 인식의 사유를 시로 형상화했는가 하면 섹슈얼리티로서의 여성이 제거된 늙은 여인들의 삶으로 확장되어 있다. 이때, 손연식의 정서는 전통 서정 그대로 반영되면서도 시의 형식은 시대의 변화를 수용한 디지털적 창작기법을 차용하고 있다는 말이다. 시의 씨앗 찾기와 정서의 표출 방식은 사회의 전통성에 기반했다면 창작기법은 시대의 변화에 따른 이기를 적극 수용했다.

기실, 우리는 일상의 삶이 디지털화되어 있음은 이미 오래전부터 부지불식간 인지해왔던 일이다. 대체로 누구나 스마트폰을 사용하고 쉬이 여행을 한다. 이렇듯 신노마드적 삶의 유형이 시대의 문화 아이콘이 된 오늘날 개인이 원하든 원하지 않든 누구나 프로슈머 prosumer가 되어 있다,라고 해도 과언은 아니다. 우리는 생산자producer거나 전문가professional이면서 동시에 소비자consumer가 되는 시대에 살고 있다는 말이다.

다시 말해, 사진작가가 아니어도 누구나 일상에서 만나는 이미지나 여행지의 풍경을 사진으로 찍고 간단한 문장으로 사진을 설명하거나 여행객의 소감을 기록해두고는 한다. 더 나아가 그것을 다양한 매체나 SNS에 올리고 지인이나 불특정 다수와 즉순간 소통해오던 방식 등 이미 디지털 기기를 통한 새로운 문화놀이에 익숙해진 지 오래라는 말이다.

바늘꽂이

97세 둘이 할매 고성요양원에 산
다
정신줄 놓아버릴까 바늘꽂이 만
든다
소캐 대신 먼저 간 할배 머리카
락 넣어놓고
정신줄 꽉 붙들어달라고 청실홍
실로 단디 묶는다

위 시는 일상의 소품에서 시의 씨앗을 얻었다. 일상
의 사물이나 소소한 의식 모두가 시의 소재가 되는 것
이기는 하지만 시로 재생되기 위해서는 어디까지나 그
시인만의 사유와 조우해야 가능하다. 저 바늘꽂이가 그
렇다. 일상에서 사라진 것은 아니지만 흔한 소품 또한
아니게 된 바늘꽂이가 손연식의 시각과 사유에 의해 이
시대 고령의 노인과 함께 재소환 되었다. 디카시의 조
건을 충족하는 셈이다. 반짇고리 깊숙이 보관되어 있는
바늘꽂이라는 사물에 내재한 고유 의미(날개념)는 인
생의 뒤안길에 배치된 고령의 노인과 메타포를 이룬다.
그럼으로써 '둘이 할매'를 주체로 대두시킨다. 시대적으
로 둘이 할매에겐 몸의 일부처럼 익숙했을 바늘꽂이가
세상의 가장 뒤안길인 요양원에서조차 유일한 소일거
리로 함께한다. 솜 즉 "소캐 대신 먼저 간 할배 머리카
락 넣"는 행위에서는 제의적 의미마저 든다. 이 시대 누

구도 늙음과 치매로부터 자유로울 수 없는 인욕의 시간을 형상화하고 있는 셈이다.

이밖에도 손연식에게 여자의 삶이 고단함의 연속이었던 시대에 대한 인식은 「새신랑」, 「맨드라미」, 「고려장」 등에서도 여실히 드러난다.

예순한 살

에돌아가라 한다
느리게 가라 한다
동면冬眠 길 늙어가는
뱀 한 마리

손연식 시인의 나이는 이제 예순한 살이다. 귀가 순해져 듣는 것들에 걸림이 없게 된다는 이순을 지나 환갑에 이른 것이다. 인생 이모작을 생각하지 않을 수 없는 나이이다. 우리는 언제부턴가 100세 시대라는 말이 귀에 익숙하게 되고 너나 할 것 없이 정년 이후 어떻게 늙어갈 것인가, 하는 문제를 이 시대 화두로 삼지 않을 수 없게 되었다. 손연식 시인도 충분히 인식하고 있는 듯하다. 디카시 「예순한 살」에서 에돌아가고 느리게 가고 세속의 시간 따위는 다툴 것도 없이 겨울날의 뱀처럼 살아도 그만, 아니어도 그만이겠다는 여유를 극대

화 시키고 있다. 그도 그럴 것이 오르막이든 내리막이든 저 구불구불한 길에서는 속력을 내고 싶어도, 또 낸다고 하여도 고속으로 달릴 수 있는 길이 아님을 이미지 한 장에서 명징하게 읽을 수 있기 때문이다. 삶의 방식을 터득한 지혜로운 나이에 접어든 것이라 하겠다. 인욕의 승화는 그렇게 이루어지는 것이라는 뜻의 또 다른 말인 셈이다. 또한. 손연식 사유의 범위가 확장되어 가는 지점을 보여주는 것이기도 하다.

4.

그렇기에 시는 여전히 시대의 난공불락이다. 시대가 시를 무시하기에도 어려울 뿐 아니라 결코 무시되거나 사라지지 않는 인간 최고의 지적 쾌락 영역이기 때문이다. 앞서 말한바와 같이 혹자는 더 이상 시인(예술가)의 영역이 사라질 것이라고 예측하기도 한다. 빅데이터를 통한 인간 정서의 정점을 파악하고 최적화된 언어를 AI가 조합해냄으로써 시인이 쓴 시보다 좋은 시가 양산될 수 있지 않겠느냐는 것이다. 물론 그럴 가능성을 배제할 수는 없다. 그러나 그럼에도 불구하고 인간이 지닌 불가사의한 어떤 영역은 분명코 존재한다. 바로 예술은, 시는 그 영역이 관장하는 산물이다.

따라서 손연식을 지배하고 있는 정서가 전통 서정에

있으면서도, 예순한 살이라는 결코 적지 않은 세상 나이에도 불구하고 지적 쾌락 영역은 활발하게 분화되는 것을 볼 수 있다. 아마도 몸을 움직이고 사유의 고리가 끊이지 않는 이상 손연식의 시창작은 지속될 것이라고 믿어 의심치 않는 이유이기도 하다.

화관

학산 경로당 앞
서걱대는 관절마다 새살처럼 환한
저, 응원가

경로당 앞에 있는 저 자목련 꽃만큼 아름답고 건강한 생명은 있을 수 없다. 일반적 인식으로 해석한다면 노인의 삶에 어떻게 힘이 넘쳐날 수 있겠는가. "서걱대는 관절마다 새살처럼 환한" 생이 어떻게 펼쳐질 수 있겠는가 말이다. 통증과 빈한함에 시달리는 의식이 자조나 슬픔의 정조로 재생되는 것 정도라면 모르겠다. 굵은 가지 싹둑싹둑 잘려나간 나무에서 자라 피어난 꽃을 노인의 생에 돋은 새살이라는 인식이야말로 손연식 시인의 의식이 건강하지 않고서는 가능하지 않은 일이다. 시는 그렇게 시인의 의식에 의해 전혀 새로운 생명이나 가치로 다시 태어나는 것이다.

이러한 새로운 생명의 탄생은 고목에 버섯이 자라는 이미지를 의미화한「상생」, 연못 속 연꽃의 이미지를 차용한「극락조」등에서도 읽을 수 있다. 그밖에도「북새」에서는 해질녘 붉은 구름에서 내일의 희망을 읽어내고「양떼구름」에서는 만개한 벚꽃들에게서 양치기 소년이란 동화를 재생해 내며, 연못 속 수초 위에 앉아있는 잠자리 이미지를「시」로 치환시키는 등 손연식의 지적 쾌락 영역은 가감 없이 분출되어 여러 편의 수작을 완성해 낸다.

이러한 디카시는 2004년 이상옥 시인이 디카시집『고성가도』에서 처음으로 '디카시'라는 명칭을 사용하면서부터 일반화 되어가고 있다. 시인, 독자, 일반인 구분 없이 누구나 창작과 동시에 시를 향유할 수 있게 됨으로써 누구나의 개인 삶에 문화를 장착할 수 있게 되었다. 당연히 삶의 질이 향상되고 풍부해진 정서로 고품격의 시놀이를 향유할 수 있게 된 것이다. 앞서 말한 바와 같이 시대가, 인간 삶의 형식이 어떻게 변하게 된다해도 인간 지적 활동의 최상의 가치인 예술 창작은 사라지지 않게 될 것이라는 점이다.

손연식 시인이 예순한 살에 첫 디카시집을 상재하며 인생 이모작을 설계하는 이유 또한 몸과 마음이 보다 풍요로운 삶이되기를 소망하는 지적 노력의 일환인 셈이다. 손연식 시인에게「자귀꽃」같은 생이 선사되기를

앙망한다.

자귀꽃

부챗살 활짝 퍼지면
하늘 문 열리는 유월

바다는 시를 쓰고
바람이 읽은 시
꽃이 된다

계간 디카詩 시인선 001
엄마의 남새밭

지은이_ 손연식
펴낸이_ 조현석
기 획_ 김종회, 이상옥, 최광임
펴낸곳_ 북인
디자인_ 푸른영토

1판 1쇄_ 2017년 07월 25일
출판등록번호_ 313 - 2004 - 000111
주소_ 121 - 842 서울 마포구 서교동 467 - 4, 301호
전화_ 02 - 323 - 7767
팩스_ 02 - 323 - 7845

ISBN 979-11-87413-17-2 03810
ⓒ 손연식

이 책은 한국문화예술위원회, 경상남도, 경남문화예술진흥원에서
발간비의 일부를 지원받았습니다.